Gilles PRIN

Mona Love, La Nuit

Roman

(Publié chezSyros Editions - ISBN 2-86738-825-2 Octobre 1992 - Stock épuisé)

Je dédie cette fiction
à Michel Petrucciani,
pianiste de Jazz.

CH 1. RUE DES VERTUS.

Il ne pleuvait plus.

Sur le trottoir, une flaque d'eau attirait mon attention. Immobile dans le froid du soir, je la contemplais. Cela ressemblait grossièrement à un oiseau en plein vol: ailes déployées, longues, un peu rondes; ventre dodu légèrement affiné vers la queue; tête altière avec un bec vaguement crochu.

La lumière des lampadaires donnait à la flaque une teinte jaune bleuâtre. Au centre de la tête, un caillou rouge formait l'oeil. Cela tenait aussi bien de la poule que de l'aigle ou de la colombe. Drôle d'oiseau.

En cette heure tardive de décembre, peu de monde s'aventurait rue des vertus.

On pouvait compter : deux pigeons, une flaque d'eau ressemblant à un oiseau, un chat tigré miaulant sous une ID 19 blanche, une femme qui semblait jeune, emmitouflée dans un manteau style " chaperon rouge" et moi-même.

La femme avançait à pas rapprochés, trottinant. Et moi, Stanislas, 13 ans, petit gosse dans l'hiver, je contemplais la flaque.

Sous les lampadaires rares et poitrinaires, la femme venait dans ma direction. Elle ne m'avait pas encore aperçu. " Normal, pensai-je, j'ai l'habitude. Moi, on me voit toujours au dernier moment, parfois on ne me voit même pas du tout."

A son passage, les deux pigeons s'envolèrent, ce qui ramenait à trois les occupants bitumiers (cinq en comptant l'ID 19 et la flaque d'eau). Puis le chat fila à l'anglaise sous une Golf bleue planquée au carrefour.

La femme était maintenant à quelques pas de moi et je pouvais distinguer les traits de son visage: sous les plis de la fatigue elle avait une peau rose et lisse que le froid cherchait à tendre. Elle avait l'air d'une matriochka, poupée bien fraîche, tendre à croquer. Elle devait donner de ces baisers ! Vous savez le baiser des mamans, le soir dans son lit, bien au chaud dans les couvertures... Mon anorak pour un de ces baisers!

Enfin, elle m'aperçut et marqua un temps d'arrêt. Un peu d'incertitude, peut être même d'inquiétude... Elle reprit sa marche trottinante et, me sourit .

A ce moment nous n'étions plus que nous deux (l'ID n'était plus qu'abstraction, la flaque évaporée...). Sous les lampadaires de l'hiver, oui nous étions deux. J'imaginais que cette maman en puissance allait s'arrêter, pour de bon, s'arrêter près de moi, me parler, me tendre la main...

Abattu, triste et rêveur, je ne pouvais que la contempler, imaginer que, peut être, elle s'agenouillerait, me prendrait par les épaules, me passerait les doigts dans les cheveux. Elle m'embrasserait et me prenant par la main m'inviterait chez elle près d'un feu de cheminée. Un vrai feu, une vraie cheminée, comme à l'époque de Port Maric avec les tziganes...

Voilà, j'étais sur le trottoir en plein hiver et je contemplais une maman. J'étais dans le froid et je rêvais d'un bon feu bien craquant avec le bruit des vagues au dehors, les sirènes des bateaux de pêche, des remorqueurs, des transatlantiques . J'étais dans le vent salin cognant aux volets. J'étais dans les embruns et les feuillages frémissants. Le vieux Ztanzi nous racontait des histoires de vierge noire, de chevauchée dans les steppes sous la lune rousse, d'invasion de pirates et de sirènes à la voix ensorceleuse. Là, il y aurait une femme, une maman. Je serais sur ses genoux. Elle me bercerait au rythme de la

voix du vieux Ztanzi. Là, je pourrais m'endormir, l'âme en
paix dans le creux chaleureux de sa gorge.

Voilà où j'en étais, debout, immobile sur le bitume de la
rue des vertus admirant une femme avec juste une flaque
d'eau en forme d'oiseau entre nous.

Je fondais littéralement dans le bonheur, promettant de me
jeter dans ses bras quand elle passerait à mes côtés. Je
fondais, oui. J'étais tout chancelant, tout flageolant.
Soudain, surgi d'une porte cochère, un drôle d'oiseau, sec
comme du bois dur, enveloppé dans un long manteau roux
qui battait des ailes, s'abattit sur la jeune femme. Il portait
un masque d'aigle sur le visage.

Sous le masque je distinguai un sale rictus et une bouche
jaunâtre, épaisse, presque tuméfiée. Il émit un sifflement
strident, battit deux fois des ailes, puis un de ses bras -au
bout duquel brillait quelque chose- s'éleva. La femme
s'était retournée et avait marché dans la flaque d'eau. Les
remous provoquèrent des convulsions rapides, comme des
rires sardoniques et les ailes s'allongèrent pour devenir
fines, longues et tendues comme un rasoir de coiffeur.

Il y eut un autre sifflement dans l'air, suivi d'un bruit
sourd presque mat, tranchant, puis un choc rebondissant.
La capuche du petit chaperon rouge vola par dessus ma
tête, tandis qu'un geyser pourpre s'élevait bien vertical. Le
jet retombait, dru, sous la lumière blafarde des lampadaires
et arrosait le bitume. Le corps sans tête de la jeune femme
se tassa, s'amollit, se posa sur le capot de l'ID qui
rougissait à vue d'oeil. Lentement, alors que le geyser

faiblissait, le corps, comme un gros sac de patates glissa sur le sol.

Je n'avais pas bougé. j'étais noué, les pieds enfoncés dans le goudron, la gorge desséchée. Le type ne m'avait pas vu et à cette occasion, je bénissais le ciel de m'avoir fait si petit. Il rengaina son sabre dans un ceinturon qu'il portait en bandoulière sous son manteau. Il sortit d'une gibecière (elle même sous le manteau) un sac gris, presque noir, et le déplia.

Le type ramassa d'abord la tête qu'il enfourna dans le sac poubelle, puis il prit le corps par les pieds et le fit glisser par petit sauts successifs, enfin, il ficela le tout. Il nettoya alors la place avec une serpillière et une éponge tandis que le chat tigré était revenu sous l'ID et se dépêchait de lécher le sang avant qu'il ne disparaisse complètement.

Moi, Stanislas, les pieds toujours dans le goudron, la bouche ouverte prête à hurler, complètement aphone, transi, figé, je vis le grand type sec à gueule d'oiseau hisser la morte sur son épaule et s'avancer vers moi. Voilà ce que je vis, comme quelque chose d'irréel, d'impossible. A trois pas, il m'aperçût. Il jeta son sac, sortit son sabre et fondit sur moi.

Imaginez un boulet de canon qui vous frappe en pleine tempe! J'ai basculé, j'ai vu l'eau du caniveau se projeter sur moi de façon vertigineuse. Mes yeux ont entrevu le brillant des pare-chocs de l'ID 19 puis ce fut le sombre cloaque de la nuit. L'éclipse totale.

*

CH 2. LE PONT AU CHANGE.

C'est le chat qui m'a réveillé.

De la langue il râpait, léchait, mouillait. A petits coups brefs, précis, méticuleux. Tout mon visage y passait: paupières, joues, bouche, menton... C'était dur comme une brosse aux dents rêches. C'était chatouilleux et piquant. Ca s'insinuait partout.

Le caniveau écoulait sous mes yeux la variété de ses détritus : portés par une eau noirâtre aux reflets de pétrole, sentant l'urine, flottaient des mégots, des bouteilles de coca éventrées, des morceaux de papier, des cheveux, des rognures de légumes, des épluchures de fruits et bien d'autres choses encore plus dégoûtantes . J'étais transi mais, curieusement, je ne sentais pas la brûlure du froid. Je sentais seulement la douleur à la tempe; rayonnante douleur qui me brisait le crâne et le cou ainsi que la langue du chat qui en cet instant me sembla être le réconfort suprême.

Péniblement je me relevai. L'ID 19 avait disparu. A sa place, une superbe Land Rover beige métallisée trônait, luxueuse, racée. Et bien sûr, le chauffeur ne m'avait pas remarqué. Question d'habitude !

La lune absente, les rares lampadaires ainsi que le froid vif
m'invitaient à ne pas traîner dans la rue des vertus. Plus un
chat si ce n'est le "tigré" qui se décida à me suivre.
Longeant les murs j'essayai de presser le pas mais la tête
bourdonnait et à plusieurs reprises je dus m'arrêter,
chancelant. J'avançais lourdement, envahi par un sourd
murmure qui s'insinuait dans ma caboche. C'était un filet
noirâtre comme un torrent saligoté par l'hiver sans neige.

Le chat miaulait et me collait aux talons. D'un bond il fut
sur mon épaule. Il s'enroula autour de mon cou comme un
boa emplumé. Sa chaleur eut un effet à double détente:
tout d'abord elle m'apaisa, me rassura, me calma; puis elle
m'endormit d'un de ces sommeils éveillés qui vous font
agir comme un automate. Je suivis des rues sans savoir où
j'allais, simplement bercé par les ronronnements du chat.

J'arrivai rue des Saints-Pères et longeant le quai de Seine
je m'engouffrai sous le Pont au Change. Là, le dos collé à
la pierre, sous les arches immenses, je glissai jusqu'au sol,
lentement, mollement, tel le sac de patates que j'avais vu
s'écrouler devant mes yeux quelques heures auparavant.
Arrivé au sol, un tremblement incontrôlable me saisit et un
torrent de larmes envahit mon visage.

Assis dans le froid, tassé, les genoux contre la poitrine et le
chat toujours en cache-col, je laissais aller toutes ces
larmes retenues depuis ma plus tendre enfance. Depuis
cette époque où mes parents m'avaient abandonné et laissé
à une troupe de manouches, ainsi que depuis mon arrivé
dans la tribu du "Patriarche", jamais je n'avais pleuré,
jamais. Puis les larmes se faisant enfin plus rares, les

hoquets plus distants, je repris mes esprits. Repassant en revue les événements de la soirée, je compris alors pour la première fois de ma vie, soudaine illumination, ce que signifiait vraiment "être un nain".

Le Tigré, qui avait supporté sans broncher ma douleur, se déroula, étira les pattes et sauta sur les pavés inégaux de la berge. A quelques mètres, derrière la masse sombre d'un pylône, trois ou quatre paires d'yeux, jaunes et fluorescents, brillaient. Mon chat se dirigea vers eux et je sentis le froid se saisir de ma nuque. Fébrilement, je relevai le col de l'anorak.

Maintenant je pensais à ce que j'allais faire: devais-je aller voir la police? Devais-je en parler d'abord à la tribu ? Bien d'autres questions, concernant ce type bizarre déguisé comme au théâtre, m'assaillaient quand des miaulements plaintifs se firent entendre. Ils devinrent plus agressifs. Il y eut des crachats de chat en colère, des assauts, des cris, des coups de pattes, puis le silence.

Le Tigré réapparut. Un griffu lui tournait autour tandis que les deux autres suivaient à distance. Je compris que "mon" Tigré était une chatte. Mais, alors que le matou qui se languissait d'elle devenait la caricature du bellâtre éperdu d'amour, elle, restait distante, hautaine, insensible. Elle marchait la tête haute et méprisait si bien son prétendant que celui-ci, lassé, finit par aller voir ailleurs.

Je décidai de l'appeler comme la fille du chef indien dans les aventures de Peter Pan.

- Lise Tigrée, lui dis-je, que penses-tu de ton nouveau nom?

Elle vint se frotter à mes jambes et ronronna.

Levant la tête vers les étoiles, presque criant, je dis:

- Et toi Peter, toi qui es encore plus petit que moi, que ferais tu à ma place ?

Mais, comme aucune étoile ne vint briller près de moi, la mélancolie s'installa de nouveau. Je n'arrivais pas à dormir et il se mit à pleuvoir.

*

CH 3. LA TRIBU.

Ca mastiquait ferme !

Les uns attablés sur la vieille table bancale récupérée dans une décharge, les autres assis dans les canapés (en cuir!) usés jusqu'aux ressorts; tous en étaient à tremper le quignon de pain (dur de la veille) dans un café clairet.

Marco, dit le mouton, un grand dadais frisé comme la bestiole dont il portait le nom, arrachait la mie plus qu'il ne la coupait.

Dodo, qu'on appelait aussi l'enclume, écrasait littéralement la tartine de sorte que le beurre lui dégoulinait sur les doigts.

Jeanne, jeune fille frêle habitée par un oeil unique au dessus du nez, buvait son café par à coups. Elle regardait l'oeil que faisait le liquide quand elle l'agitait et, lorsque celui-ci avait la taille exact du sien, elle buvait une gorgée, reposait sa tasse et recommençait son manège.

Il y avait aussi le gros René, surnommé "bouboulgum", à cause de son "format ballon" et de sa manie de mâcher du bubble gum à toute heure. Chez lui tout tenait du ballon: les doigts, les mains, la tête, sans parler du reste. Il agissait comme si la vie n'était qu'une immense partie de foot: le bol à droite, une passe à gauche et hop une gorgée. Il reposait la balle au centre et criait "but!". Il s'accordait ensuite une pause en cherchant à battre son dernier record de bulle (quarante centimètres de diamètre avant explosion).

Il y avait ensuite, Mélodie 1 et Mélodie 2 : deux adorables siamoises qui possédaient une voix envoûtante et chantaient à merveille (Elles savaient à l'occasion se montrer de parfaites acrobates). Moi, je les appelais "Mélodie" tout court, car elles pensaient et parlaient "d'une seule voix". Mélodie était assise sur un pouf double et, tandis que la main droite de son corps droit levait la tasse vers sa bouche droite, la main gauche de son corps gauche portait la tartine à son autre bouche. Elle mangeait avec application, savourant chaque moment de la vie.

D'une certaine façon, je l'enviais. Pouvoir faire deux choses à la fois sans éprouver la moindre difficulté me laissait baba. Faut dire que leurs deux corps étaient rattachés par le cerveau. Elle possédait un unique et fantastique cerveau qui sortait par le haut d'une tête, s'élevait un peu , se recourbait pour atterrir et plonger dans la deuxième tête. Une tignasse drue et rebelle enveloppait l'ensemble et donnait l'image d'une tête unique et démesurée simplement habitée par deux visages.

Enfin, à chaque bout de la table, mangeaient dignement "Le Patriarche" et "La Mamma". Eux deux, c'étaient les seuls grands "normaux" de la tribu.

Lui, ancien clown de cirque, avait connu son heure de gloire. Il avait joué avec Etaix, Fratellini, Grüss... Souvent il nous racontait ses voyages, le cirque , la guerre, la faim. Il nous parlait de la télé qui avait tout gâché. Il nous montrait les quelques rares photos qu'il enfermait toujours dans une cassette en bois sentant bon l'olive. Parfois, et cela devenait de plus en plus rare, il nous jouait quelques entrées clownesques et arrivait à nous faire rire. C'est lui qui m'a initié au jazz. Avant, durant les six années passées chez les tziganes, j'ai appris à chanter et à jouer de l'accordéon avec le vieux Ztanzi. "Le Patriarche", qu'on appelait aussi Lucien, m'emmena très tôt dans les boîtes et me permit d'y avoir mes entrées. Je le soupçonnais -bien qu'il s'en défendit- de voler toutes les cassettes qu'il m'offrait.

Elle, ancienne trapéziste italienne, avait fui Mussolini et s'était installée d'abord à Montpellier. C'est là qu'ils s'étaient rencontrés pour ne plus se quitter. Elle , elle ne nous épatait pas avec des numéros de trapèze. "C'est plus de mon âge, les enfants!". Mais, quand on ne lui obéissait pas , elle montrait ses biscottos, écartait ses battoirs de mains et disait:
" Hé! parce que je suis devenue une mamma, vous croyez que j'ai plus ma vigueur ! Vous allez en tâter! ". En général, ça suffisait pour qu'on file droit. Sa spécialité à elle, c'était les histoires ! Peter Pan, les contes de Grimm, les légendes de son pays, les Mille et une Nuits et d'autres histoires qu'elle inventait. Avec, elle berçait nos soirées et on s'endormait tous comme des anges.

Aujourd'hui, usés par la difficile vie du cirque, ils se sont voués aux gosses perdus, aux monstres de tous poils. Nous, on savait bien qu'ils n'étaient pas nos parents, mais une sorte de pacte nous liait: ils nous apportaient un toit (généralement un squat), ils assuraient notre protection, notre éducation, ils peuplaient nos rêves d'enfants et nous réunissaient dans la chaleur d'une tribu. Nous, on les nourrissait! En fait, on pourvoyait aux besoins de la tribu entière: on jouait aux saltimbanques dans tous les quartiers chics et touristiques de Paris.

Donc, quand je suis arrivé, Lise Tigrée autour du cou, rendu hagard par le manque de sommeil et le froid, j'ai senti l'odeur du café clairet et j'ai entendu les bruits de mastication. J'ai eu envie de vomir et je suis tombé dans les pommes.

*

CH 4. PEDALE "FORTE".

L'après-midi, j'allais un peu mieux.

Je me payais "juste" une superbe bosse, bien bleue, à la tempe.

Je m'étais remis au "piano sans voix". Ray Charles, à fond les manettes, soutenait mon blues. Je suivais la musique sur les touches noires et blanches que "Le Patriarche" avait dessiné pour moi sur une planche. Les siamoises étaient restées pour me veiller. Elles voulaient maintenant m'accompagner au chant. C'était toujours un grand moment d'entendre les siamoises, car si elles pensaient et parlaient d'une seule voix, elles chantaient avec deux voix superbes et généreuses. Elles étaient un choeur à elles toutes seules.

- Pas maintenant Mélodie, j'ai pas la frite !

- Demain, je pourrai ? Tu verras, on a appris un nouveau tube de Dizzy Gillespie. Nous le chanterons encore mieux que lui.

(C'était leur truc de parler comme ça: je , on, nous, c'était toujours Elle qui parlait !)

- Ouais, j'verrai ça...

et j'avais beuglé avec Ray pour bien faire comprendre qu'On, ne devait plus me déranger.

La mamma passa la tête par l'entrebâillement de la porte.

- Moins fort, j'entends plus la soupe frémir ! N'oubliez pas, demain, toi et les filles (elle parlait de Mélodie), vous faites votre cirque. C'est vous qui ramenez la plus grosse part. On compte sur vous !

- On verra, on verra... (Là, c'était moi qui avais causé).

- Comment ça, on verra ? Demain, debout à six heures, non mais!

Et elle repartit faire cuire le bouillon.

Je baissai d'un ton le volume du magnétophone (le seul

objet que j'ai jamais volé de ma vie, juré !) et
m'accompagnant cette fois à l'accordéon, je chantai " O,
Mona love...".

Le soir, je suis allé, comme d'habitude au "Petit journal",
une boite de jazz où j'avais mes entrées. Le patron m'avait
à la bonne (faut dire qu'il mesurait un mètre cinquante, ça
crée des liens...). Il m'offrait le café et quand l'occasion se
présentait, entre deux groupes je jouais du piano (Yamaha,
Rhode... les meilleures marques) Mais ce soir, impossible
de jouer. Les gars qui booguaient avaient une pêche
d'enfer et ne voulaient pas lâcher la scène. A mon goût, ils
jouaient trop vite, trop fort et trop joyeux. Je suis sorti et
j'ai flâné avec Lise Tigrée sur les quais de Seine.

La musique (le blues, le jazz...) c'était pour dire mon
spleen ou pour crier ma joie; du moins c'est ce que je
croyais jusqu'à ce soir.

Devant les grilles acérées du square Notre-Dame, je sentis
monter en moi autre chose.

Avant, quand je m'asseyais au piano à cordes et que mes
pieds ne touchaient pas les pédales, je me disais: "Stani, un
nain est un nain. Pourquoi vouloir toucher les pédales des
géants ? Contente-toi du piano électronique." Ce soir,
j'avais envie que mes pieds écrasent la pédale forte, à fond
!

Des accords et des rythmes sauvages montaient en vrille au
creux de mon ventre. Ca creusait, ça tournait, ça forniquait.
Ca me montait à la tête pour se transformer en mélodie

rageuse. C'était ça, oui, la rage... Une violence, une
haine... Mais une haine blues : Ce type m'avait sabré une
maman! Je revis le masque, la scène macabre, son rictus...
Je revis le capuchon voler par dessus ma tête. J'eus de
nouveau mal au crâne. Les bourdonnements
recommençaient. Cette fois, ils martelaient au son d'une
musique envahissante. Mon crâne n'était plus qu'une
musique douloureuse. Je perdais la tête, oui ! Il me fallait
un piano et tout de suite ! J'avais envie que mes ridicules
doigts boudinés massacrent les touches d'ivoire d'un bon
vieux "Stanley". "Bon dieu, j'y passerai mes jours et mes
nuits, mais j'y arriverai !".

Lise Tigrée miaula et frotta son museau humide contre ma
joue. Je m'adoucis et rentrai au squat, rue de la fontaine du
Temple. Comme il était déjà tard, je me contentai
d'écouter la mamma et son histoire du jour.

*

CH 5. LES CONTES DE LA MAMMA.

Elle était seule avec la lumière de la lune.

Eclairée par une bougie la tribu écoutait la Mamma. Elle
parlait très bien le français avec juste un léger accent qui la
rendait encore plus attachante. Elle accompagnait chaque

phrase de gestes évocateurs et relevait souvent sa tignasse grise qui lui tombait sur les yeux.

" Hé, quand l'aigle arrive, on ne l'entend pas. Il vole, souple et silencieux, déployant ses ailes dans un ciel bleu limpide. Il suit les courants, explore son territoire, cherche une proie. Rien ne l'arrête, il est fluide. Il est dans le silence, comme le ciel et la montagne qui l'entourent. Invisible dans les nuages, il est avec le murmure des ruisseaux et de la neige."

" Quand il a repéré sa proie, il déchire l'air comme on tranche à coup de serpe la tige du blé. Il plonge, les ailes plaquées au corps, grisé par la vitesse. On entend un sifflement comme une plainte de l'air, un coup de vent brutal- presque déjà le choc- mais il est trop tard !"

" Il tombe sur la victime. C'est un choc d'une violence inouïe. Lui-même parfois chancelle. Il se redresse d'un bond, renverse sa proie, la plaque contre le sol. Alors que la bête est à moitié assommée, de ses serres puissantes il l'achève : l'ongle du pouce, pointu, rigide et tranchant comme un sabre s'enfonce jusqu'à la garde dans le cou du lapin ou du mulot qui s'est laissé prendre. Il ramène la bête morte dans son nid et la laisse dans son garde manger. Mais, il lui arrive souvent de manquer ses proies."

" Voilà l'histoire que je vais vous raconter ce soir. C'est l'histoire d'une chevrette aux réflexes particulièrement rapides et ne manquant pas d'esprit qui réussit à s'écarter de justesse quand l'aigle est arrivé sur elle. L'aigle s'écrasa contre la roche sur laquelle la chevrette s'était installé. Et la vaillante en profita pour pousser de ses cornes, l'oiseau dans le précipice."

" C'était par une chaude après midi..."

La musique de nouveau m'envahissait avec tant de
brutalité que je me réfugiai dans la chambre partagée avec
Mélodie et le gros René. Là, étendu sur un matelas à
moitié déchiré, le casque sur les oreilles, je m'endormis en
écoutant Miles Davis et sa tribu sauvage.

*

CH 6. DEUX SANDWICHS POUR TROIS.

J'en avais marre.

Les siamoises m'avaient suivi toute la journée et la
musique vrillait dans ma tête comme les perceuses du
tunnel sous la Manche.

Avec notre lamentable spectacle du matin, on avait quand
même réussi à s'acheter deux sandwichs pour trois. Je
n'avais pas envie de rentrer pour entendre la mamma et ses
jérémiades: "Quoi, c'est tout ce que vous ramenez ! Vous
voulez la marque de mes battoirs sur la joue... Filez d'ici et
ne revenez qu'avec au moins cinq fois ce que vous avez
osé ramener ce soir..." Etc., etc. (Quand elle commençait,
ça pouvait durer une bonne heure).

On était donc tous les trois (cinq en comptant Lise Tigrée

et cette satanée musique), assis face à la fontaine du Forum des Halles et on croquait nos sandwichs.

Avec ses quatre piliers romains entourant le vase central, on avait l'impression d'un bibelot sous cloche : le vase, en pierre grise un peu verdâtre, offrait une coupe au bord bien net. Au centre, une femme nue dansait, bras levés se rejoignant du bout des doigts pour former un arrondi gracieux.

Du vase jaillissaient des colonnades d'eau qui retombaient souplement comme des branches de saule pleureur. Derrière, en retrait, la couleur rouge d'une bâche tendue d'un immeuble en rénovation se mêlait à l'eau de la fontaine qui prenait ainsi une teinte sanguine.

J'avais mal au crâne, la musique comme un casque, volume maximum. Je me suis levé. J'ai shooté dans Lise Tigrée pour qu'elle aille se pendre aux siamoises. Mais vu la forme de leur tête, elle s'est contentée de marcher à leur côté. Mélodie me suivait en cherchant à me rattraper, mais marcher avec quatre jambes...

- Stani, t'es vache, tu me largues, on va se perdre et nous serons tristes...

Elle me tannait pour que je leur dise ce qui n'allait pas. Elle accélérait le pas, ce qui dans son cas provoquait comme un trot de cheval du plus grand comique. Mais je n'avais pas envie de rire. Je m'engouffrai dans la rue Saint-Denis, décidé à les semer. Il fallait accélérer car elle galopait presque maintenant! Une de ses mains me prit par l'anorak. Je me dégageai d'un coup sec. (C'est qu'avec quatre bras, si elle vous attrape, elle ne vous lâche plus !)

Alors qu'elle revenait au pas de charge, toutes mains tendues, je le vis, lui, l'homme au masque d'aigle. Il était dans un magasin spécialisé dans les accessoires de théâtre. Comment je l'ai reconnu, je ne sais. Le flair, sa façon sèche et un peu voûtée de se tenir, sa taille immense? Je me suis arrêté, elle m'a attrapé.

- Cette fois je te garde Stani, on va pas te laisser filer, nous allons écouter ce que tu as sur le coeur.

- Arrêtez vos bêtises, j'ai revu le type...

- De qui tu parles ?

- Le type, là, dans le magasin, c'est lui qui transforme les mamans en geyser.

- ???

- Ben ouais quoi, l'assassin !

- ...

Comme le type semblait prendre son temps (il essayait différents masques d'oiseaux), je racontai toute l'histoire. Mélodie relâcha son étreinte et tous trois nous collâmes nos nez à la vitrine.

Derrière une quantité de masques et de costumes, on le distinguait qui agitait ses bras vers un grand masque d'aigle tout en plumes pendu au plafond. Il retira celui qu'il portait, mais un costume de clown bleu et rouge m'empêcha de voir son visage. Il enfila la parure qui rayonnait de tous ses feux roux et or. Le bec royal se tourna vers la vitrine et mes yeux rencontrèrent les siens.

Il fut saisi dans le geste et resta figé un instant. Je m'apprêtais à entrer dans le magasin quand, d'un bond, il fut dehors. Sa gabardine me gifla le visage et les siamoises n'eurent que le temps de tendre les bras. L'homme filait emportant avec lui le masque. Le commerçant sortit à son tour et hurla "Au voleur, au voleur!". Personne ne réagit. Grimpé sur une borne de pompier, je suivais l'homme des yeux, mais déjà emporté par la foule, il ne resta plus dans l'air que le mouvement roux et or des plumes qui ondulaient. Il s'engouffra alors dans une rue de traverse et disparut totalement.

*

Au squat, les choses avaient mal tourné.

Mélodie avait promis de garder le secret et elle l'avait gardé. C'était vraiment une chic fille. Non, c'est la mamma qui avait explosé! Je ne sais pas ce qu'elle avait ce soir là; on a eu droit à tout: Le discours, les biscottos, les mains écartées en battoirs... sauf que, cette fois, je me suis pris les fameux battoirs en pleine tête. C'était la première fois qu'elle me donnait une claque.

Je n'ai rien dit. Je n'ai pas pleuré. Je suis allé dans la chambre préparer mon baluchon. Mélodie m'a suivi.

- Oh, Stani, tu vas pas partir ? On va être malheureuses, nous laisse pas...

Elle avait une petite voix, double, traînante et douce.

- J'y peux rien. J'ai la musique, faut qu'elle sorte. La baffe de mamma, elle l'a mise en ordre, faut croire! J'ai plus mal au crâne et j'ai les doigts qui m' démangent.

- Je viens! On va porter ton baluchon, ton accordéon, nous...

- NON, NON ET NON ! LAISSE MOI !

Elle n'insista pas. Seule Lise Tigrée me suivit, à deux pas.
Elle devait sentir que mes talons étaient "chatouilleux".

*

Je me rendis directement au "Petit Journal". La nuit était
encore plus froide qu'auparavant. Je pressai le pas devant
Notre-Dame, chargé comme un baudet, tenant mon
baluchon d'une main et de l'autre l'accordéon.

Avec ses flèches élancées, ses pointes effilées, ses murs
aux angles abrupts et coupants, ses ardoises fines et
longues dont la lame resplendissait sous le feu des
projecteurs, avec sa nef enflée tel un ventre affamé, la
cathédrale me faisait penser à un grand vaisseau de guerre
paré pour l'abordage et qui n'attendait que d'avoir sa
ration de sang et de chair fraîche. Je n'avais pas envie de
rester sous cette auguste menace. Le vent giflait mes joues
et coupait mes oreilles. Je n'avais de toute façon pas envie
de rester dehors.

Quand j'arrivai au "Petit Journal", une douce lumière déjà
légèrement enfumée m'accueillit. Cinq ou six couples
buvaient et parlaient tandis que trois musiciens, encore
dans l'ombre, répétaient. Un saxo, une percu, une
contrebasse qui ne m'étaient pas inconnus.

- Hé, Stani!

24

Le patron s'approcha de moi et me prit par les épaules.

- Viens donc te réchauffer, mon gars, viens prendre un café, bien noir, bien chaud. Dis donc t'as l'air amoché ? J'avais pas vu ça hier... Faut dire que t'es parti comme une fusée.... Un beau bleu et une belle bosse, ma foi.

Comme je ne répondais pas, il continua :

- Tu ne sais pas qui joue ce soir?

Il ne me laissa pas répondre.

- Ecoute bien et reste collé au siège. Un quartette explosif: Gato, Murdoc, Joe et Wallow en personne !

- Et comment t'as fait, tu leurs as vendu ta boîte ?

- Ecoute, Sunny Murdoc est un ami de longue date. J'ai appris qu'ils revenaient d'une tournée brésilienne pour jouer au "Cirque d'Hiver". Entre nous t'as loupé. Ils sont passés hier, un tabac ! Alors, tu me connais, j'ai demandé à mon vieux pote Sunny de m'accorder cette soirée... à l'oeil. Stani, tu te rends compte, à l'oeil, ça c'est un vrai copain !

J'ai bu mon café, tranquillement, goûtant d'avance la soirée. Les notes glissaient, m'enveloppaient, s'insinuaient en moi. C'était sirupeux et sauvage, bien bleu et bien noir, avec des pastilles de rumba colorées qui fouettaient les reins. Chaud, chaud...

Soudain le saxo se tut, la batterie de Sunny s'essouffla et la contrebasse de Wallow bourdonna une dernière fois.

- Dis moi, Jeanjean, dis-je au patron, j'entends pas Joe et son clavier...

- Hé, c'est ça le problème, Stani... Joe a une sacrée grippe. Tu parles, c'est l'été là bas... Il est au premier avec ma femme qui lui fait grog sur grog. Je crois qu'il va être pompette avant de jouer !

On en était là, avec notre café quand Gato s'approcha et dans un français au fort accent argentin dit:

- Je peux pas jouer ce soir, patron. Sans Joe, c'est pas bon.

Jeanjean partit dans des lamentations fébriles (Il n'était pas Italien mais tout comme la mamma, il faisait un de ces cinémas). Il s'arrachait les cheveux, s'aspergeait avec sa serpillière de comptoir, tournait en rond dans sa cage, postillonnant, éructant, disant que tout était foutu... etc.

Sans rien dire, j'ai filé le long des tables. Passant derrière les projecteurs encore éteints, je montai sur scène. Le piano électronique de Joe était branché : Un Rhode, un vrai! Je pris place alors que seul Sunny m'avait remarqué et je commençai à jouer "El Pampero".

Gato monta sur scène, essuya ses lunettes, réajusta son feutre. Il me jeta un bref coup d'oeil complice, saisit son saxo et enchaîna. Steve Wallow assura à la basse, Sunny aux percus. Jeanjean alluma les projecteurs. Sans autre formalité, le spectacle débuta.

Ce soir là, malgré les projecteurs qui m'aveuglaient, je les ai vus pleurer. Oui, au premier rang, un couple d'une quarantaine d'années. J'ai vu leurs larmes comme des diamants, avec un regard ravi, le sourire aux lèvres.

Plus tard, quand on est passé en rumba et en bossa, je les ai vus danser, et d'autres avec eux. Dans la fumée bleue épaisse, elle se déhanchait, rousse, ivre de musique, le corsage prêt à éclater. Lui, la collait, la serrait, l'embarquait. A vrai dire au bout d'un certain temps, je ne savais plus qui entraînait qui, de lui ou d'elle, d'eux ou de moi ? J'avais le cul rivé au siège, les mains agitées comme des fées et j'ai pensé: "Merci, Peter, ce soir j'ai ta lumière en moi".

Quand la fumée atteignit un seuil critique, Gato décida d'arrêter. A peine arrivé au bar, Sunny me dit :

- Mec, t'es génial, tu joues comme un vrai pro !

- Ouais, fit Gato, t'as un feeling d'enfer.

Et puis ils me demandèrent comment je m'appelais, quel
âge j'avais... Il y eut tournée générale offerte par Jeanjean.
On leva les verres et on but, d'une traite. Après avoir
reposé son verre, Sunny me prit à part :

- Petit, t'es vraiment un grand du jazz. Si tu veux, tu viens
avec moi à Los Angeles. Je te ferai construire un piano
spécial...

Alors là, j'ai bondi sur le zinc et les yeux dans les yeux j'ai
dit :

- Pas question, je veux pas d'un piano pour nain !

Sunny posa ses grosses mains sur mes épaules et
calmement rectifia :

- C'est pas ce que je voulais dire, Stan. Je vais t'acheter un
vrai "Stanley". Simplement t'auras des pédales plus
hautes. On pourra entendre la souplesse de ton jeu...

Puis il parut soucieux :

- Ca risque d'être long pour les papiers...

- C'est pas un problème. Tu sais avec la tribu on va où on veut. J'ai déjà fait l'Espagne, l'Italie, l'Allemagne, même la Hongrie... J'ai toujours mon passeport sur moi.

Puis j'ai fait silence pour réfléchir un moment. L'air était chargé, les yeux me piquaient. Jeanjean m'a amicalement tapé dans le dos en disant :

- C'est ta chance Stani, la laisse pas filer !

- D'accord. Mais je veux Mélodie avec moi !

Sunny regarda le chat. Je lui expliquai la tribu, lui décrivis les prouesses vocales des siamoises. Il était enchanté.

- Quand part-on, demandai-je ?

- Demain, 23h30 à Orly, je te ferai préparer, deux... ou trois billets?

Après avoir bien ri et conclu que trois billets s'imposaient, Sunny me tendit un papier.

- Voici mes coordonnées à L.A. au cas où...

*

CH. 8. QU'IMPORTE LE NAIN POURVU QU'ON AIT L'IVRESSE.

Ca tanguait un peu dans ma tête.

Il devait bien être 1 heure du matin quand je suis sorti. Gato et les autres, autour d'une dernière Guiness, parlaient encore d'une prochaine tournée australienne pour l'été.

Sur le pas de porte, je pris un bon bol d'air gelé. Avant de me lancer sur le Boul'Mich, je m'arrêtai dans une petite rue de traverse. Contre un platane déjà pas mal noirci à la base, je vidai ma vessie (La bière a des effets terriblement rapides). Soulagé, mais toujours avec cette ivresse doucereuse, je m'engageai sur le boulevard. Les étoiles et les lampadaires se rejoignaient pour une danse hivernale et chaque parcelle de ciel était habitée par une frénésie étincelante. La lune bien ronde, qu'aucun nuage ne cachait, était un projecteur idéal, le trottoir une scène infinie. Les maisons emboîtées formaient par couches successives le décor grandeur nature d'une folle nuit du jazz.

Malgré le froid pinçant, je descendais lentement le Boul'Mich. Lise Tigrée avait voulu me tenir chaud au cou mais, galamment, je l'avais invitée à marcher à mes côtés. J'étais épuisé mais ravi. J'étais un peu saoul, il est vrai... Saoulé par la musique, la fumée, le ventre des femmes qui dansaient, le succès du soir... La Leffe offerte par Jeanjean

devait aussi y être pour quelque chose... " Une fois n'est
pas pécher, m'avait-il dit en servant, tu l'as méritée Stani,
pas vrai ?".

Tout en marchant je répétais: " 23H30-ORLY-L.A.-
23H30-ORLY-L.A....". A mesure, mon corps se mit à
swinguer. J'inventai l'air, les mots venaient tout seul dans
la bouche. La chatte miaulait, remuait la queue, tanguait de
la tête au même rythme que mon chant apprivoisé. Je
tenais même le titre: " L.A.-ORLY-L.A.". Je tenais le
rythme, les accords, la mélodie... J'imaginais maintenant
comment Mélodie pourrait m'accompagner à deux voix,
swinguant de ses deux corps, tapant dans ses quatre mains,
marquant le tempo de ses deux pieds droits. J'étais sûr
qu'on allait faire un malheur à L.A.

Il m'est tombé dessus d'un bloc, rompant le chant et le
swing, m'arrachant du sol, me soulevant comme une
vulgaire poupée. J'en ai perdu mon baluchon et
l'accordéon.

- Alors, on me poursuit, petit nabot ?

Il me serrait si fort entre son bras et sa poitrine que je ne
pus même pas crier. Malgré son aspect sec et mince, cet
homme était un véritable broyeur. Son bras était comme la
tenaille d'un concasseur et il ne me lâchait plus.

Derrière une camionnette, l'ID 19 blanche apparut. Sans
ménagement, il me fourra dans le coffre.

Il roula longtemps.

*

Au loin, on entendait la rumeur presque régulière, un peu monotone et sourde, d'une voie à grande circulation. Le capot s'ouvrit et l'homme, portant cette fois un masque de corbeau et une gabardine noire, me saisit par les pieds. Il me transporta, jeté sur son épaule, tête en bas. Devenu sac de patates, je ne doutais pas du sort qui m'attendait.

Une porte grinça puis se referma. J'étais dans une pièce sombre à peine éclairée par la torche que tenait l'homme. Le grincement résonna longtemps comme si nous étions dans une grande cuve de tôle. Il alluma plusieurs bougies. Dans la pénombre, j'eus le réconfort d'apercevoir Lise Tigrée: elle se tenait immobile près de la porte et observait. Il régnait une odeur exécrable. Elle flottait dans l'air vicié, mais semblait plus particulièrement provenir d'un endroit précis. C'était acide, épicé, mélange indéfinissable d'excréments, d'urine et d'autre chose...

- Alors nabot, tu croyais jouer au plus fin avec moi...

Malgré le sang qui descendait dans ma tête, et l'embrouille des idées qu'il provoquait, je demandai d'une voix plaintive et faible :

- Pourquoi m'avoir enlevé ?

- Tu me poursuis, j'aime pas ça !

32

- C'était un hasard...

- C'était par hasard que t'avais le nez collé à la vitrine ?
Drôle de hasard...

- J'vous jure !

- Jure pas trop vite, le nabot, ça peut coûter cher...

Enfin, l'homme se décida à me remettre les pieds sur terre.

- Tiens toi tranquille !

Il revint avec une corde.

- Pose toi là !

Il me montra une poutrelle métallique. Je me retournai :
J'étais dans un hangar en tôle ondulée qui semblait
abandonné. L'homme avait installé, dans un coin, quelques
cageots, un tabouret, deux petites tables dont une avec
évier. Sur la table: un butagaz, du lait concentré, du
chocolat en poudre, du riz... Au dessus de l'évier se
trouvait une arrivée d'eau composée d'un tube en
caoutchouc et d'un robinet en plastique. Des gobelets, des

casseroles et autres ustensiles de cuisine, ainsi qu'une caisse de couches-culottes, traînaient épars sous la table. Un peu à l'écart, contre le mur de tôle, dans le jeu d'ombres suscité par les bougies, j'aperçus trois étagères composées de planches posées sur des briques.

Sur une des étagères reposaient trois formes rondes enveloppées de couches-culottes. Des cheveux et des oreilles dépassaient, ainsi que les mentons.

L'homme me poussa vers la poutrelle. Je m'y rendis, marchant lentement, autant pour retarder ce qui serait ma mort certaine que pour continuer à découvrir le lieu. Je tournai la tête et je compris ce qu'était cette "autre chose" qui flottait dans l'air. Comme pour m'éclairer sur mon sort, l'homme approcha une bougie.

A même le sol s'entassaient pèle-mêle trois corps. Des rats couinaient et s'affairaient autour. Un des corps était déjà à moitié rongé. Ce qui avait été la jambe d'une femme n'était plus que squelette: os presque lisses, gris-jaunâtre d'où pendaient encore quelques minuscules lambeaux de chair rosâtre tachée de noir.

- Allez le nabot, assez vu !

Il me plaqua contre la poutrelle et me ficela.

- Je reviendrai demain. Si les rats t'ont pas bouffé d'ici là, tu seras mon petit lardon...Hi, hi, hi...

Son rire nerveux emplit le hangar.

Il souffla les bougies. La traînée de sa torche disparut dans l'entrebâillement de la porte qui se referma en grinçant. La rumeur des voitures, un moment plus forte, s'apaisa. J'étais maintenant dans le noir, avec les rats.

Quelque chose passa sur ma jambe. Quelque chose de poilu et de chaud. Le type m'avait ficelé comme un saucisson et je ne pouvais même pas bouger un orteil. Une brindille craqua près de moi. De nouveau un frottement furtif se fit sentir sur ma jambe.

- MIAOU, fit Lise Tigrée.

Et je vis ses yeux verts de chatte qui me fixaient.

*

CH.9. LE CORBEAU.

Sans Lise Tigré, j'aurais sûrement fini mangé par les rats.

Toute la nuit fut d'une sévérité mordante : le froid, la faim, la fatigue, les combats du chat avec les rats. Ce n'est qu'au matin, quand les rats quittèrent le hangar pour rejoindre leurs tanières, que je m'endormis.

Au soir, gelé, je me réveillai. La chatte dormait à mes pieds. Je dis que le gel m'habitait, en fait je ne sentais plus ni mon corps, ni ma faim, ni même la fatigue. J'étais dans un au delà de l'hébétude, naviguant dans une brume, proche des larmes dont je sentais qu'un rien pouvait les faire jaillir.

La nuit était là, et l'attente.

Quand l'homme revint, tard, il était agité. Il gesticulait, s'emportait, tournait en rond. Il jeta son masque d'aigle et enfila celui de corbeau.
- Regarde ça, me dit-il en beuglant, aujourd'hui encore j'ai rien pu faire, ils sont partout...
Il brandit un journal sous mes yeux. Malgré le brouillard qui voguait entre moi et les mots, je pus lire :

MATERNITE: TROIS DISPARITIONS EN QUINZE JOURS !
LE MYSTERE PLANE.

Non, il ne s'agit pas de disparition de bébés, mais bel et bien de sages-femmes. Une enquête est ouverte.

Depuis quinze jours, trois femmes ont été portées disparues. Toutes ont en commun d'exercer la profession de sages femmes dans les maternités de la Ville de Paris.

L'absence totale d'indices étonne les enquêteurs. En effet tout se passe comme si ces femmes avaient choisi de partir sans prévenir ou -encore plus inquiétant- comme si elles s'étaient envolées magiquement.

Le commissaire Bourget a confirmé qu'une enquête était ouverte, mais que toutes les hypothèses devaient être étudiées avec sérieux, y compris celle d'un assassin particulièrement habile.

La lettre anonyme envoyée par un "corbeau" mal intentionné dénonçant le directeur de l'hôpital de jour n'a pas été prise au sérieux. Après une rapide investigation l'auteur a été retrouvé : il s'agit d'un des malades mental dont s'occupe le Professeur A. COUCHE.

Devant l'émoi des familles, du personnel et de la Municipalité, des patrouilles de police surveillent dorénavant les maternités du centre de la Capitale.

D'après le commissaire cette mesure devrait suffire à dissuader un éventuel agresseur.

J.F.K.

L'homme retira promptement le journal et se mit à hurler. Il écouta son cri résonner sous les poutrelles puis, doucement, commença à tourner sur lui même.

Il agitait les bras de bas en haut et tournait en levant les genoux comme dans une danse rituelle. Parfois il piquait du bec sur moi, s'arrêtant pile devant mon nez. Il passait alors son bec noir sur mes joues, un coup à droite, un coup à gauche. Il se redressait et reprenait sa danse, s'accompagnant d'un sinistre "CROA, CROA!". Il battait des ailes avec sa gabardine brune (celle de l'aigle). Durant quelques secondes, ce chuintement du tissu sur l'air envahit l'espace.

Il s'arrêta net, pointa son bec vers moi, l'agitant comme le ferait un oiseau. Il mit enfin ses bras au repos, le long de son corps. Il se tut. Puis sa voix éraillée, faiblement, parla :

- Vois tu petit, vois tu, on dit que c'est l'enfant qui tue sa mère, on dit ça. On dit tellement de choses, comme ça et on oublie. Mais l'enfant n'oublie pas. Il a tué sa mère. Au sortir de son ventre, on dit ça. Et l'enfant le croit, CROA, l'enfant toute sa vie portera sa croix... Longtemps je l'ai cru, longtemps je l'ai portée... Et voilà, un jour, un jour d'une autre mort quelques mots ont suffi... Oui, quelques mots dits par le Père avant de partir. Il m'a dit, mon Père, il m'a dit: "Ce n'est pas toi, non...c'est l'autre" Et moi, la joue contre celle du Père, le Père mourant, ma peau contre la sienne sèche, mal rasée, je lui demande, doucement à l'oreille: " L'autre? Qui l'autre ? Qui, qui ?"..."Mais l'autre, la femme, celle de la clinique..."

- Vois tu petit, il toussait, il crachait, il respirait à peine. Les mots étaient pâles. Je me suis plaqué, à m'enfoncer les poils drus de sa barbe mal taillée, joue contre joue, collé à lui: " Qui est cette femme ?" Alors il a crié, tu entends, il a crié dans les vapeurs d'éther: " Mais la sage femme, la sage..." et il s'est éteint, sur ce mot...Tu vois petit, d'un mot, un mot suffit à tout faire basculer... J'ai renversé le lit de mon père, j'ai bousculé l'infirmière, j'ai jeté bas les bouteilles, les cadrans, les appareils et je me suis envolé dans les couloirs...Tu vois, j'avais l'idée de me jeter dans le vide, mais j'ai senti que j'avais des ailes, des ailes...

L'homme reprit sa danse, battant l'air de nouveau, poussant de lugubres croassements. Il entrecoupait ses cris de phrases qui, à mesure qu'il s'enflammait, devenaient inaudibles.

- Quel drôle d'oiseau, disait mon Père, quel drôle d'oiseau tu fais, mon fils...

Comprimé par la corde autant que par la souffrance qu'exerçait sur moi le discours de l'homme, je ne pus empêcher les larmes de couler. Je pleurai comme un ruisseau, hurlant plus fort que l'homme :

- MAMAN, JE VEUX MA MAMAN... JE VEUX MA MAMAN...

Puis saisi par une sorte d'illumination, j'émis de formidables cris de bébé affamé, apeuré, affolé. Je n'étais plus Stanislas, nain âgé de treize ans, j'étais redevenu le bébé abandonné par ses parents, à l'âge de cinq mois, près d'un campement tzigane.

Et c'est à ce moment que quelque chose d'ahurissant se produisit. L'homme s'approcha de moi avec son sabre et coupa mes liens. Il me prit dans ses bras et me berça en disant :

- Mon tout petit, je suis là, mon tout beau, ta maman est de retour.

Il chanta une berceuse et me serra si fort dans ses bras, que la sensation d'étouffement me sortit de l'hébétude dans laquelle j'étais plongé.

Rendu lucide, étouffant encore, les poutrelles se balançant de tous les côtés, je me tus. L'homme arrêta son chant. Alors je repris :

- J'ai faim... Bébé a faim...

J'essayais de gazouiller le plus possible. Je suçais mon pouce, puis pour marquer l'urgence de la situation je criai :

- LAIT-CHOCOLAT... LAIT-CHOCOLAT...

L'homme me posa avec une extrême douceur sur un berceau improvisé: un cageot qu'il posa à même la terre battue. Il fouilla dans la caisse et sortit une couche-culotte qu'il m'installa derechef sur les fesses, par dessus le pantalon. Enfin il se dirigea vers l'évier où trônait le butagaz en disant :

- Ca vient mon tout beau, lait concentré et chocolat en poudre... Un instant... Maman te prépare ça de suite...

Il me fallait agir vite et sans bruit. J'étais dans un état de conscience transitoire : un peu flottant et lucide à la fois. Les poutrelles semblaient s'interpénétrer et je sentais la confusion me gagner. Les bruits de l'homme me parvenaient, lointains, presque irréels. Guidé par une force plus forte que ma peur, quasi automate, je me levai. Comme pour me venir en aide, Lise Tigrée bondit sur la table près du butagaz. Je m'arrêtai net. L'homme se contenta de la repousser. Je poursuivis mon cheminement vers ce but qui s'était imposé à moi. Ayant saisi l'objet que le destin me tendait, je revins vers l'homme.

J'arrivai derrière lui, alors qu'il tournait la cuiller dans la casserole en fredonnant la chanson "Papa est en haut qui fait du gâteau. Maman est en bas qui fait du chocolat...". Cette chanson eut un étrange effet. Revenu complètement à la raison, je saisis d'un coup la situation : c'était tragi-comique, proche du burlesque. Je devais agir avant que la peur ou le rire n'emporte la seule décision qui s'imposait. Je me calai bien et sautai, abattant mes deux bras de toute la force dont j'étais capable. Le tibia, encore un peu rose, lui fracassa l'arrière du crâne.

Il s'écroula, bousculant l'évier, renversant le butagaz. En tombant il arracha la robinetterie. L'eau giclait bien droite, sur un mètre au moins. Elle retombait ensuite en éventail. De peur que celle-ci ne le réveille, je le tirai non sans difficulté et l'attachai comme une grosse andouille. L'odeur du gaz m'alerta. Promptement, je fermai le robinet du butagaz.

Revenant vers l'homme ficelé, je le fouillai. Dans la poche intérieure de sa gabardine je trouvai une liasse épaisse: par ordre alphabétique étaient classées toutes les maternités de Paris ainsi que les noms et adresses des sages femmes y travaillant. Dans son portefeuille je trouvais une carte professionnelle où était indiqué :

Serge BLINAS
Société COUCHEDOU
Relations clients

Je glissai ces documents ainsi que l'article de journal dans mon anorak.

Dehors, la lune était à moitié cachée par un nuage argenté et filandreux. Je grelottais et restais plusieurs minutes à ne plus savoir que faire. Au loin, le bruit monotone du flot des véhicules menaçait d'agir comme un somnifère. De la porte du hangar restée ouverte me parvint, tout d'abord les effluves putrides des cadavres, puis le grouillement des rats qui s'affairaient sur les corps et enfin un faible râle : le "corbeau" se réveillait.

Pris d'une peur terrible et subite, je m'élançai en courant droit vers le vrombissement continuel, vers ces phares qui m'aveugleront, vers ces gaz brûlés qui rendront ma gorge sèche et déchirée, afin de ressentir cette brûlure, afin d'oublier ce hangar putride, fuir la nuit.

Arrivé à hauteur de la nationale, je constatai que je portais toujours la couche culotte.

*

CH. 10. ASUKA.

Le bus roulait trop lentement à mon goût.

Les pancartes annonçaient : "ORLY SUD". Le nez collé à la vitre, le coeur battant, je regardai les phares des véhicules qui nous dépassaient. Lise Tigrée ronflait comme une bienheureuse enroulée autour de mon cou.

Le dernier échangeur me déposa devant le hall "DEPART". Haut perchée, une horloge électronique indiquait "0H35". Sunny était parti depuis une heure. J'enfilai les poings dans les poches de l' anorak et shootai dans les mégots qui jonchaient le dallage. Des chiens rôdaient, des clochards tapaient le carton, quelques voyageurs en attente lisaient en baillant tandis que des hôtesses se faisaient les ongles. (C'était pas la foule des grands départs).

Affiché sur le tableau "DEPARTS INTERNATIONAUX", le prochain Concorde était annoncé pour 6 heures. Comme j'avais dix francs en poche (je n'avais même pas eu l'idée de faire les poches du corbeau), je me payai un Bounty.

Tout en l'avalant presque à m'étrangler, je traînai en shootant de plus belle dans tout ce qui se présentait, avec une certaine rage à mesure que je reconnaissais certains objets : tickets de métro, boites d'allumettes, mégots, morceaux de papiers, boites de coca éventrées...

Le visage du "corbeau" m'agressait de nouveau. J'écrasai une boite de bière avec une haine farouche comme pour vider l'abcès. Je bottai dedans à grands coups, encore un, puis un autre. Une sorte de jeu s'improvisa. Il y avait moi, la boite de bière devenue ballon, ma rage protectrice et le dehors : le hall, les clochards, les hôtesses... Je shootai un dernier coup dans la boite qui rebondit sur un des comptoirs.

- Ce n'est pas un dépotoir ici, fit une hôtesse blondasse. Jetez cette boite ! Là à gauche, il y a une poubelle.

Elle s'était levée pour mieux me voir. Elle avait un air pincé, des lunettes d'écailles, des rides et des cheveux grisonnant maquillés par une teinture blonde délavée. Elle tricotait. (Visiblement, c'était une habituée : la grenouillère pour bébé, d'un rose pâle, était quasi finie et sans défaut). J'eu envie de rire, non pour me moquer, mais parce que je lui trouvais un certain charme avec son allure hautaine et désuète.

Je jetai la bière dans la poubelle.

Passant devant un comptoir vide, mon pied heurta un objet de taille minuscule. Une étoile filante, brillante comme la nuit, glissa sur les dalles. Je m'arrêtai, me baissai pour voir

: c'était une bague. Elle portait poinçon et diamant serti sur griffes d'or, chacune incrustée d'un rubis minuscule. Je la glissai dans la poche, puis changeant d'avis, je repérai un comptoir habité et m'y dirigeai.

L'hôtesse, une jeune asiatique à la coupe de cheveux bien nette, était occupée au téléphone. Je m'approchai, je la hélai mais j'avais la main qui ne touchait même pas le bord du comptoir. Tel que j'étais, elle ne pouvait me voir. Je me reculai et avec de grands gestes je l'appelai. Elle me vit enfin et parut surprise, marqua un temps d'arrêt, eut un léger recul du buste. Elle me fit signe d'approcher, tandis qu'elle même passait du côté voyageur pour pouvoir s'adresser à moi.

- Vous êtes Monsieur Stanislas ?

(Elle devait avoir l'accent Chinois ou Japonais, je ne savais pas faire la différence).

- Oui, c'est moi, comment savez vous mon nom ?

- Je vous attendais. Sunny Murdoc m'a parlé de vous. J'adore sa musique ! Il m'a dit que vous alliez le rejoindre pour jouer avec lui et que vous étiez un pianiste génial... S'il vous plaît, promettez moi de m'envoyer votre premier disque... Sunny m'a promis qu'il m'enverrait son dernier "Live", dédicacé, introuvable en Europe...

J'ai dit " Oui oui bien sûr...". J'étais affolé et ne savais plus où j'en étais. (Elle possédait une voix très douce, elle m'avait appelé "Monsieur", montrait envers moi une attitude naturelle qui gommait mon état de nain et de plus, elle aimait le jazz !).

- Au fait, reprit-elle, j'oublie l'essentiel... Sunny m'a laissé cette enveloppe pour vous... Le prochain 747 pour Los Angeles part dans une heure, vous avez juste le temps de vous installer.

Pris de court, je lui ai tout déballé : l'assassin, les siamoises, les rats, la tribu, la liste des sages-femmes sans oublier la carte de la société Couchedou et l'article, Lise Tigrée (ici présente autour de mon cou), la soirée au Petit Journal, tout, en vrac et dans le désordre le plus complet.

J'étais emporté par une parole délirante. Chacun des mots que je prononçais avait une autre signification (Je vis, je vois, j'aime...), mais je n'en avais pas encore conscience. J'avais le désir fou de prendre l'hôtesse dans mes bras. Je devais être rouge comme une pivoine. Elle me regarda avec bienveillance et dit en souriant :

- Calmez-vous... On va prendre un café et vous raconterez toute votre histoire tranquillement. Quant au voyage, vous partirez avec le vol suivant. Ca vous va ?

J'ai dit " Oui ça va merci vous êtes gentille, je, je..." Elle me prit alors par l'épaule et m'accompagna au bar.

- Simone, dit-elle à la blonde grisonnante, j'en ai pour

quelques minutes... Tu peux prendre mes appels ?

Une voix furtive répondit "Oui pas de problème". (Elle devait aborder les derniers maillons de la grenouillère, les plus délicats).

*

Assis à une table, un peu à l'écart, je lui racontais mon aventure. Nous sommes bien restés une heure à bavarder. C'est comme ça que j'ai appris qu'elle était Japonaise et s'appelait Asuka Tamaro.

Elle portait sur le revers de sa veste une broche : deux coeurs de jade réunis par un oeil d'émeraude, cerclés d'or finement ciselé. Je pensai au double coeur de Mélodie, ces coeurs qui battaient à l'unisson dans son corps difforme. Mélodie qui devait se demander où j'étais.

Malgré le café bien chaud, le calme d'Asuka et son obligeance, j'étais envahi par des frissonnements suivis de fortes bouffées de chaleur. J'ondulai entre le froid et l'étouffant, la tension extrême et l'abattement. Mon coeur s'affolait. Les larmes me brûlaient les yeux. Asuka s'assit à mes côtés et m'enlaça en disant :

- Pleure, c'est bon.

Je laissai aller ma tête contre son sein, me détendis. Je me demandais ce qui m'arrivait. La grippe ? La beauté

d'Asuka et sa chaleur, si près? L' avenir qui me souriait ?
L'assurance que Mélodie allait me rejoindre ? Tout ça à la
fois ?
Enfin le voile devant mes yeux s'éclaircit. Les néons
parurent moins blafards, presque étincelants, rassurants.
Les clochards ressemblaient à des bonzes célestes. Les
boites de coca éventrées disaient : "Quelqu'un a bu,
quelqu'un a savouré, quelqu'un a jeté et écrasé cette
boite". Asuka devenait mon ange salvateur. Je savais
qu'avec Mélodie, nous ferions le bonheur de Los Angeles
et bien au delà. La musique serait là, simplement pour
affirmer que la vie tenait du sublime. Je séchai mes larmes,
me redressai, respirai un grand coup...

Je venais seulement de comprendre ce qui me bouleversait
: j'avais échappé à la mort !

*

EPILOGUE.

A 10000 mètres d'altitude, avec le rugissement des quatre
réacteurs dans les oreilles, la tête dans les étoiles, enfin
presque, j'ai vu le Groenland sous la neige. Asuka se
chargeait de prévenir la police et de remettre les

documents confondant l'assassin. Elle m'avait aussi promis de porter elle même les billets à Mélodie.

J'étais déjà avec la musique de Sunny, les voix de Mélodie, et mon "Stanley" flambant neuf. En prime: le visage d'Asuka et ces mots d'adieu qui résonnaient d'une beauté étrange :

- Stanislas san, ogenki de, sayonara.

(Monsieur Stanislas, portez vous bien, au revoir.)

FIN

www.ingramcontent.com/pod-product-compliance
Lightning Source LLC
Chambersburg PA
CBHW072130150726
47999CB00005B/2224